KB120809

파란 꽃이 피었습니다

시작시인선 0375 파란 꽃이 피었습니다

1판 1쇄 펴낸날 2021년 5월 14일
지은이 박용진
펴낸이 이재무
책임편집 박은정
편집디자인 민성돈, 장덕진
펴낸곳 (주)천년의시작
등록번호 제301-2012-033호
등록일자 2006년 1월 10일
주소 (03132) 서울시 종로구 삼일대로32길 36 운현신화타워 502호
전화 02-723-8668
팩스 02-723-8630
홈페이지 www.poempoem.com
이메일 poemsijak@hanmail.net

ⓒ박용진, 2021, printed in Seoul, Korea

ISBN 978-89-6021-556-6 04810
      978-89-6021-069-1 04810(세트)

값 10,000원

파란 꽃이 피었습니다

박용진

천년의
시 작

아이라는 종족을 비로소 알다

차 례

시인의 말

제1부

제1부

도무지

앨리스, 어서 오렴 입구를 찾기 어려웠지. 어떤 연주를 기대했을까. 흑백 건반을 두드린 해머 먼지와 점적실 공기로 아우성이야. 엉키지도 않았는데 기가 막힌 건 질긴 선이 늘어져 자리 차지하기 때문인가 봐. 게걸스러운 진창과 비창 사이 무뎌질 날 고대하며 공중에 집 지어 안식하는 척하지. 약한 목등뼈로 무너뜨린 하늘 아래 모두는 아틀라스. 상한 젓갈 삼키면서 사람 냄새 저절로 멀어져. 거울로 망명을 꿈꾸는 아이들은 먼 나라 얘기로 흘러 외줄에 감친 노력에도 건반 위엔 얼룩이 커져 가는 걸. 도회지로 갈수록 웃음은 유적이 되고 우리가 민 슬픈 서술은 어떤 흔적이 돼. 방황 후에 오는 여독에 찌들 때도 급한 하강의 울렁증으로 꿈이 멀어질 때도, 뜨거워진 머리에서 어떤 낭만은 약통에서 떨어진 유통기한 지난 알약처럼 오기도 해. 각진 그림자 끼고 반음이라도 좋아 훗날 우화로 남을 짐작을 키우게 연주를 준비해 볼까. 어쨌든 미안해, 이상한 세계로 불러들여서

파랑을 건너온 파란

깨진 알이 엎드려 있다

가볍게 실시간 검색어로 오르기 전 등 떠밀려 생판 몰랐
을 곳에

물가에서 발목을 휘감는 게 차라리 수초였다면

#시리아 쿠르디
한 번 더
#엘살바도르 발레리아

넋 나간 쓰레기 꼴과 넘치는 물이 싫어져 피 한 방울을
떨어뜨린다

세계는 언제나 수장되기 바빴지 그림자 같은 전운으로
끝이었다면

머무를 이유를 부여받고 오디세이아를 부를 날은 올 수
있을까

>

난민 통제는 계속이고 기억은 계속 찔러 올 거고

어디 닿을지 모르는 아이들은

베텔기우스가 폭발하더라도

힘을 주며 걷는 게 우선이었지

오리온성좌에서 지상으로 내려온 별의 잔해를 찾으면서 여길 빨리 지나치고 싶어

터질 별에 대해 떠든 건 맞지만 하루 종일이 멈춘 골목에서 빛을 갉아 먹고 주저앉히는 어둠은 어느 만큼일까

질퍽한 습기가 밑창에 스며 종일 부은 발은 식지 않고

눈물에도 속물이 있다는 말을 믿지 않았다

열두 살 이하 삼분의 이는 후천 면역 결핍이랬지 그중 60퍼센트의 면역을 기대하지만

카마티푸라*의 아이들은 여전히 아이를 낳고 깔깔거리겠지

어떤 값을 대입하며 다른 결과의 드레이크 방정식이 된 나는 골목의 무엇인가

>

끓는점이 낮은 표정이 떨어진다

부서진 별로 밝아질 하늘 한번 흘깃거린다

* 카마티푸라: 인도 사창가.

파란 꽃

너를 불러도 묵묵부답이었지

쳐다보며 부끄러워지고 파잔* 뒤의 코끼리처럼 무기력
해지고

입을 여러 번 헹궈도 부서진 영혼에 대해 할 말은 뱉기
어려워

꽃은 핀다고 믿습니다만 피는 파란색인가요

빈 젖 사이 뒤척이는 아이

모두의 장례식을 시작할 때입니다

* 파잔phajaan: 코끼리를 길들이는 매질.

발룻Balut의 피돌기는 계속입니다

검색을 했더니 곤달걀이 쏟아진다

외국에선 노상에서 맛있게 먹으며 권한다지

물 한 모금 먹지 않고 누워 발끝까지 촉을 세워 주는 잔 생각으로 단단한 내 벽을 완성시켜

곪은 환부는 도려낸다지만 이건 아니잖아

멈췄어, 뭉툭한 오리주둥이로 떠는 수다는 새로운 세상을 보기 전 껍질을 대신 부숴 주는 사람들의 달큼함을 찾는 혀 돌기에 갖다 바쳐진 거지

그래, 껍질은 버렸는가 날것을 좋아하는 식도락가라 부를까

유산 대신 유산

날지 못할 날개 대신 삶겨 뜨거운 체액이 쏟아져 단백질의 위안만 남아

익혀 사라진 비린내의 도로엔 늘어진 더위

이 죄에 대해 묻는 이는 없는가

잃은 알에 대해 꿈으로 치부하려니 어슴푸레한 가수면의 자락을 타고 올 것이고 그럴싸한 고해성사로 오염된 기록을 지울 것이고

하늘은 푸른데 지우기는 계속이라는 거

부모 무덤 앞의 전쟁고아들*

  …… 따로 놀던 손이 저절로 모아진다

  내밀의 논의로부터 고립되고 살을 비비면서 격렬한 정쟁
에도 당신들의 품은 따뜻했지

  먼바다에서 온 후 새끼줄에 매달린 물방울처럼 여기저기
흩어질 줄 알았지만 남겨 놓으신 아미그달라의 박동

  비가 내린다 팔을 가로로 저어도 성호 긋기는 어렵고 버
그 걸린 내일은 올 것이고

  계속 웅얼대는 기도 소리처럼 경전 주위를 맴돌고

  흙으로 돌아가는 날까지 수습할 것이다 눈물로부터 기원
한 마른 뼈를

 * 〈부모 무덤 앞의 전쟁고아들〉: 뤼시앙 엑토르 조나의 판화.

베리밭에서 일하는 4살 꼬마*

숨은 그림을 찾았어 어쩌다가. 숨을 곳을 찾으려고 바닥을 열심히 닦았어.

폰을 켤 때마다 가위에 눌리고 허물어지는 풍경을 보여주곤 했어.

영원이란 건 사실이야, 일어날 일이 일어나 사라져도 영원히 남아.

풀 컨디션 뒤엔 뱉은 숨을 물고 늘어져.

사람들이 똥이 든 자루로 보이기 시작했어.

우리라며 출렁이는 물결에서.

* 루이스 W. 하인의 사진, 1909년 작.

스키드 마크는 지워져 가고

달을 물었어
어제오늘이 아니지만
물집이 눈물을 흘려
어떤 이들은 절로 마르는데
내일까지 뉴스는 젖을 거야
강진 살던 소녀에게
강진, 여진은 더 크게 번져
망상어 전용 낚싯바늘은 주렸어
늘, 드리워져
만성염증은 차라리 쉬운 거야
모두들 달아나 삼면이 바다지만
위로는 어떡하고 뱉은 시즙은 말라 가고
휘갈겨 쓴 낙서를 이른 청소가 문제야
죄를 짓는 날이면 날씨는 무거워
헝클려 오는 파도를 흘리려다
그냥 혼돈에 휩쓸려
거룩함과 천박함은
같은 선상에서 도수를 앗는다지
지우려니 절로 지워져, 또 지우고 싶어
시간 여행자를 찾아야겠어

미드 보던 소녀를 이민 보낼 수 있다면
슬퍼하는 사이 새는 날지만
떠날 자리에서 떠나지 못해
영장류 비린내를 재조립하고 싶어
사람으로부터 사람들이 달아나기 전
꿈은 함께 꿔 놓고 늘어 가는 폭염 난민
낯선 판결문 상판처럼

40%

아이가 표구되었다
물 뿌리고 말린 뒤 투명한 유리를 씌워
생기가 도는 전시장
벽에 닿는 귀퉁이의 흠집으로
사진 속 아이의 눈이 커진다
처음부터 경계는 없었는데
애매하고 어두운 그 어디쯤
사진의 초점을 선명하게 하려 해도
처음부터 식은땀은 많았지
이웃을 아웃으로 부르면 어떨까
보리누름 쇠해지는 거리에
이야기를 쏟을 사람이 필요해서
스킨워커처럼 짐승 가죽을 덮어쓰고
아득한 꿈만 꾸며 언덕과 하늘을 오가는
기부 공동체란 이름으로 손잡으려다
무거워진 빗면에 선 공범이 되지
역시 부족한 지구력을 탓할 일에
툭 떨어지는 억지웃음으로 메우며
밀서처럼 감춰진 이유를 꺼냈으니
어쩌면 방향은 같아 보이겠지

이름을 바꾸면 어떨까
덧난 영혼이어도 좋으니까
사십 퍼센트만 받는
오므린 손바닥이 하얀
방글라데시에 사는 로야는

캄보디아 갯벌

갯벌을 거니는데 뼈 한 조각이 말을 건다
전장을 건너온 뼈는 살 속에 살던 때가 그립다며,

참호 옆 개망초 한 송이가 손에 닿는다
손에서 시신경, 지금이라 불리는 곳까지
육식주의자들의 메탄가스와 파도가 내지르는 염. 염.
아이들 낙서 낭만 엽서 살육의 풍경을 덮으려고

죄를 고백하는 이를 두고 배후 찾기는 날 샌 지 오래
365일 추모하는 우리는
다음으로 밀릴 뿐 언제나

포격 재개로 불기둥과 매캐한 화약, 살을 발라내는 소리
  허공에서 대지로 꿰뚫려 죽은 자와 숨 가쁜 패전 소식에
분개하며
  멀어지는 미완성의 스케치

  기억은 언청이 소리로 귓등을 헐치고 유언을 남길 사이
없이 뼈만 남아
  수위를 넘어 사라짐에 몸부림치며 떠올리는 태곳적부터

살아온 방식

벽 앞 시신을 수습한다
무너지는 스스로를 설득하면서
모래알에 스민 기억들에 성가를 부를까

물이 밀려온다 다시 돌아오는 아침의 그늘처럼,
살아남은 자의 슬픔*은 덮인 지 오래
통제에서 자유로울 방송을 준비하지만
입은 여전히 무언증 혹은, 속말의 행로는 측면에 머물고

후일, 기울기가 다른 애먼 해석이 될 뼈는
잠 깬 뒤의 꿈처럼 어디에도 없단 소릴 듣겠지

표백에 대한 질문은 미룬다

비린 갯 냄새 아래 부식하는 뼈를 추린다.

*「살아남은 자의 슬픔」: 베르톨트 브레히트.

비가 오지 않는 이유
—캄보디아 갯벌 2

눈사람을 찍었다

감옥에서의 사진이 어떨지 궁금해서 수감된 이유를 묻지 못했다

뒤집지 않으면 피와 침이 흐르다가 멈추기에, 눈사람의 물린 상처엔 살殺기와 살려는 의지가 빳빳했지만 체액을 많이 흘리면서 하고픈 말은 참고 있었다

눈물은 하늘로 오르지 못한다지

쓰러진 자들에게 젖을 가져다 물리고 싶었지만 발라낸 물고기의 사상충처럼 버려질 것 같았다

육각수를 바라보던 육각체들의 잉여

간수는 공회전의 시간이 나쁜 거라 했다 쓸데없는 것의 중간은 여기 아니던가

정체된 시간에 대해 다그치지만 뼐도 있고 펄도 있고 비린내와 젖비린내도 있는데

채도를 선명하게 바꿔도 단백질이 필요해서 단백질을 먹는 우리는

잊힐 것들의 부스러기로 묻기를 그만두어야 하나,

커피 마시려고 커피포트에 물을 끓인 후 눈사람에게 한 잔 주려니 무거운 입으로 커피포트만 쳐다봤다 포트란 말에 저무는 그들은

희망에 대해서 소장은 연설을 했지만 구름이 남긴 껍질
이 융기하는 세상으로 마무리하는 빈 사진만 남을 줄 알았다
추방당하거나 땡양지 아래 녹지 않길 바라면서
질문은 벽에 빗금으로 묻었다
외양만 무성했을 프롤로그에 대해 축축한 벽 앞 누군가는,

* 툴슬렝 감옥(폴 포트 정권 시기).

** 엠 에인Nhem cin은 10세의 나이에 폴 포트가 이끄는 군사 단체에서
  툴슬렝의 형무소 2만 명의 죄수들 사진을 찍었다.

우리 집에 또 왔니

아이가 떠내려왔다
수조에 넣어 주려니 뼈 길이가 길지만
등 붙이고 누울 구덩이는 팔 수 있을 거야

가능할지 모르겠지만
먹이 찾기는 어려울 거 같아

걷잡을 수 없이 자라는 수초들로 주름은 가려져
표정 관리의 숙제는 언제나 남는 법
왜 하필 여기에서 만나 나쁜 버릇을 생각게 하나

밀어내는 시간
쓰다 만 시처럼 멈춘 자리에서 어둠은 선명해진다

창문으로 덜 닫힌 현관의 풍경이 자리 잡는다

네 집의 크기는 얼마큼인지

갑자기 서러워진다, 그리하여

제2부

식탁의 마침표를 꿈꾸며

출렁인다
형광등에선 녹슨 쇠 맛이 나고
내동댕이쳐진 냄비 국물은 아직 뜨거워
접이식 반상엔 어둠이 고일 사이가 없겠지
잠시 사라진 인기척
씩씩한 숨소리 대신 다혈질이 잠식한 공기엔
죄를 추정한 용의자 냄새가
모든 소리는 백색소음을 지향한다
빠져나가려니 굳은 다리
부러진 탁자 밑으로 기어들어
수박 서리의 대기 상태로 오가는
서글픔과 슬픔
절대 깨지지 않는다는 흩어진 접시 옆으로
반려견의 오줌에 떠다니는 한숨
언제 그랬냐는 듯 웃겠지만
잔여 시간을 나눠 억지로 밥을 먹이겠지
시간은 다시 출렁일 거고

화이트홀 하우스

계단에서 밟을 뻔했다

질린 얼굴이 원래 흰 건지 분간이 어려워 잠시 어지러운
사람들인가 싶었지

한 마리의 초파리만도 못한 생이 늘어졌을 요동치는 집
엔 가재도구 빈 술병 어지러울 거고 음모라고 부를 꼬불꼬
불한 머리카락이 굴러다닐 거고

대상자를 설득하다가 어깨가 빠진 아동복지센터 직원이
떠올랐다

문을 두드렸다 지금 읽는 책은 무엇인가요

화를 내면 안 된다는 규칙은 잘 준수했는지
책가방의 무게 따윈 아랑곳없이 머리에 뾰족한 더듬이
를 다듬어 놓고

시푸르죽죽하게 잠자는 아이
유통과정을 따져도 쓴맛인지 관심 없을 한 가지 표정만

나쁜 연애

그림자까지 매달린 서식지가 있었다

가족을 투숙객이라 불렀다

뒤란에 얹은 펄펄 끓던 솥이 졸아 남은 그을음에도 별다른 말이 없었다

열심히와 열렬히를 비교했다

아무 말하지 않아도 일은 생긴다
고모는 사라진 점괘를 들고 아버지의 팽창한 배 속을 혹이라 했다 그래도 그때까진 유연했지 덜렁거리는 대화는 곧 살가죽을 파고들어 친척이란 글자가 천적으로 읽히고 뚝 떨어지는 사냥 도구

궁금해, 그런 날들이
질문 자체가 흐린 거울 앞 초상이야

대문 앞 발소리가 번지기 전
녹슨 못에 찔린 곪은 살가죽을 도려낸다

끈의 끝은

허리띠는 늘 길었어

어지간하면 끊어지길 바랐는데

걔들을 따라가라고

까진 아니라도

기분이 나쁘면 언제든 풀려

헛웃음이랄 안부 인사가 달린

채찍의 궤적엔 쇳소리가 났지

가죽의 색은 새파랬어

끊어진 끈이나 끝이나 같은 건가요?

하드로사우루스의 꼬리*에서

아버지를 지나

어머니를 지나

다시 아버지에게로

* 하드로사우루스의 꼬리: 초식 공룡의 11개 꼬리뼈 중 8개의 조각에서 지금껏 공룡에겐 없는 2개의 꼬리뼈 부분에 큰 구멍이 발견되었다. 이는 사람의 희귀 질환인 랑게르한스 세포 조직구증과 관련된 종양에 의해 만들어진 구멍과 같다.

** 랑게르한스 세포 조직구증은 과도한 면역계 세포가 축적되어 육아종이라는 종양을 형성하게 되는 희귀한 암으로 어린아이에게 많이 발병한다.

우화부전

으스름달이 흘러드는 둥지는 스스로 잠갔어

대충 잘라 입힌 옷은 필요 없는 거야 난해한 예술이라며

네 몸에 타투를 그렸어 혈족이 되면 바디 터치는 자연스
러우니

실내는 캄캄하니까 관음증에 대해 얘기하긴 그럴 거야

어미는 눈이 어두워 어물전 좌판 비린내로 저녁밥을 준
비하지

알집에 애알락수시렁이가 생길 거 같아 꿈꿀 권리를 위해
숨 쉴 구멍을 내주려 했어

영수증을 끊을게요, 체액의 이상 압력으로 날개를 꺾은
일에 대해

모를 거야, 여덟 살 의붓딸의 실제 나이는

파이로플라스틱

숙주를 찾는다
환한 겉장을 욱여넣고 둥둥 떠다니며
여기저기 붙으면서 눈치껏 치장을 했어 길은 금세 만들
면 되니까

친해지면서 독서 감상문을 요구하고 저의 팬이 될 것을
부탁하고
깨질 일은 걱정 마 어차피 세상이 민 파편이니까

새 신부였습니다 잘린 귀퉁이 우둘투둘해도 아이들의 손
을 잡고 놀이터에서 꽃 무더기 향을 뿌렸지요 산란을 미룬
채 하루하루 기억을 쌓았는데 비가 내렸습니다 우산 끝 절
정을 노래했지만 집으로 돌아오지 않는 손에 쥔 엇각, 호된
슬픔은 방목된 지 오래되어 잊힐 문장으로 저녁에 다다랐어
요 댐 수위 조절을 넘어선 우려는 높아지고 행간을 넘은 말
은 질식의 벌레로 기어 오고 먼 자들의 꿈을 꾼 아침이면 어
제의 협연은 희미해져 유랑의 형식을 주머니에 넣고 원래의
거처를 공중으로 삼겠다는데

남겨진 슬픔을 아직 모르는 세상은 지구의 반이다

>

난생으로 다시 태어나는 계모는,

한 생의 생존 방식을 생각해 본다

도색의 세계

네, 라는 말로 얼음이 녹았다

공기를 쥐는 일은 불가능하지만 뜨거운 기운은 금세 퍼지지

바다를 건너와선
땀땡*
이곳은 공식적으로 매매하기 어려운 미끌거리는 세계

얇은 뱃가죽의 아이들 손엔 희미한 손금

시간마다 바뀌는 낯선 체액은 문지방을 넘지 못하고 문양
으로 남아

색이 아무것도 아닐 때가 있다고 한다

그냥 숨을 크게 들이켠다

* 땀땡: 유사 성행위의 태국어.

처음을 잃어버린

오사카 토비타신치를 걸었다

화려한 조명 아래 여자아이들이 미소를 지었다 금이 간 항아리의 누수와 실성한 떠돌이 같았지만 가슴이 물든 줄 안 건 후일이었지

몰락한 집에서 적응한 아이처럼 스톡홀름 증후군이 생각났다

거래하자는 악마처럼 인문학자의 궤변처럼 어떤 일은 갑작스러운 운석처럼 다가온다

충격에 대한 대비에도 아름다운 개화를 한 철학자인 척 바람 부는 쪽으로 흔들려 새로운 이별 방법을 골라도 두터워진 아우라

또 속았어 아니야, 술에 취해 기억이 없다면서 내지른 카드처럼 바닥에 던져졌어 대충 리허설로 얼버무릴까 뭐, 달빛 아래 세레나데 부르면서 휴거 밀레니엄 버그 X행성을 비껴가도 돌아앉아 철 지난 조개껍데기에 묻은 모래나 세는 퍼포먼스로

스물네 시간의 기도가 흘린 자책으로 인민재판을 받을 거야 감격의 재회는 없어 발톱이 다 빠지도록 열심히 걸어 유산을 받들 것처럼

추도사를 만드는데 떠돌이 개들이 교미를 한다

소나가찌

조각구름이 말을 건다
무슨 내용인지 몰라 구름을 헤집으니
떨어지는 아이의 침상

시린 밤은 침상으로 넘어갈 것 같아
아이의 손을 잡으니
진저리 치며 불렀을 구름 깃털이 흩어진다

조막손 치맛자락 칭얼대던 잠투정을 다독이려 해도
일방통행 역주행을 시켜
아픔은 잔여 메아리로 남아돌고

이건 먼지, 먼지였어

스스로 불을 지펴도
먼 세상엔 눈먼 구름
눈이 많아도
눈은 오지 않아
공공연한 일을 볼 수 없어
사로잡힌 지 오랜 포르노만

얼어붙은 저녁 해 아래 자리 잡지

아무도 모르는 사실과 누구나 아는 이야기를
선생님들께 얘기해도 그냥 넘어가려 해
이물질 취급을 받은 나는 깨금발로 뛸까

국경에 구름을 두고 가는 구름을 보며
돌부리를 갉는다

맨발

맑은 저수지를 찾아 맨발로 다녔어

누군가 버린 낚싯바늘에 꿰여 구멍이 두 개나 생겼어

상처에 구멍은 자꾸 커져

뉴런이 촘촘한 사람도 예외 없고 바람이 빠지지 않는 구멍은

절로 아물 거라며 미루다가 환 공포증을 앓을 거야

사료를 두고 기다리는 개처럼 자맥질 숨 참기도 한계야

주기적인 신호는 천적으로 다가와

오염된 우물 메우긴 그때뿐이라 호들갑으로 메슥거리기만

신을 발로 차 버렸어 이젠, 낚시꾼을 찾아야겠어

아이들 쳐다보기 부끄러워져

또, 또

아들의 탁상 달력에서 울렁증이 밀려든다

펜스를 쳐도 밀려온 군대의 행진에 보호 방식을 읊기 전 모두는 포로가 되었지

절대 점도의 통점은 전이되고 링거 수액을 보며 구걸을 시작하고

희부연 병실 보조 침상의 바닥을 읽는 등신의 불면은 늘어져

비 내리는 금요일 밤 여기저기 떨군 웃음이 까끌이의 목록으로 돌아다닌다

거꾸로 자라는 돌고드름처럼 항전을 시작하니 군대는 떠나고 경로를 빗긴 아픔만 남아

단어 하나 더해도 여전히 서툰 세상에

피뢰침을 설치한다 지난 달력을 태운다

버티고vertigo

파티마 삼거리가 지워진다
폭설로 밤은 멈춘 생장점을 맴돌고
열차를 놓친 피난민처럼 달구지 밑 등걸잠을 청한다

웅웅대는 응급실 전등 소음 사이
의문사한 친구와 죽어 가던 아이를 분쇄하고 싶었다
장례식장 떠돌던 일이 옻 오른 좁쌀 뾰루지로 바늘겨레가
된 팔에서 피고 몸은 천근으로 무거워지고

[잠깐만요 전할 게 있습니다 여기서 쓰는 언어는 단순합
니다 [미루에는 그만 쓰면 좋겠습니다 그저 야생에서나 쓸
소통 같아요 해독 불능의 문양만 늘어놓아요 이상 마칩니다]

신이 뭐라 했나
생각할 틈 없이 살라,
또 속았어 잊힐 것을 집어낸 거
중력으로부터 경고를 무시한 프로메테우스를 찾고 싶은

탄 재 날리는 오늘 끝
버티고 버텨도 늘어 가는 상실

진창의 이유를 묻다가
나는 늘 죽어가

밤하늘 까마귀 떼에 묻힌 먼 열차 소리 찾으며
불면佛眼을 함께한다

가족에게 먼

낱장의 날들이 몰려온다

어느 날 위장에 붙은
혹 혹은 혹이
왜 생긴 거야

접속사를 찾았어 지우기엔 늦고
조금 희미하기에 뒤끝이 없는 줄 알았지
다음 생은 두 손에 각인된 이름표를 들고
저잣거리를 오갈 거야 아니면 손을 잘라 버릴까

상실에 대해 고민할 사이가 없었던
신이나 나나

병을 주고 약을 주며 눈을 마주치지 못해
질린다고 하겠지만 꽁꽁 얼어 가는
나쁜 손은 여전히 참혹을 만들 거고

혹은 늘어 간다
휑한 여백의 날에
혹 혹은 혹이

제3부

그냥, 유리였다면

아이를 낳았다
아이는 아이들이 되고 아이들은 영영 아이들로 남는다

통잠 한번 자기 힘든 밤
당신들의 기도는 후드득 비에 묻혀 가고 대화 주제는 그
렇고 그런데
중국 바이러스에도 클럽은 호황이었지

동면에서 깨어 허기를 잊은 곰처럼 꿈지럭거릴
생판 다른 종족이 아닐는지

턴테이블에 먼지가 앉은 다음 날이면 욕실 거울엔 서글픔
이 질소 아말감의 난반사로

무심코 풍경 한 프레임으로 흘려도 세상이 금세 달라지
지 않긴 하지
역류를 꿈꾸는 작은 빛살은 어디에

책상에서 따분한 밑줄을 긋기 시작하지만 우두커니 섰던
직무 유기는 어떡하고

작은 연못 오래된 통발 안의 개구리처럼

마스크를 사러 갔어

줄 서기가 길어도 입을 떼는 사람은 없었지

길에 드러눕고 싶어졌어 방 안에 누워 먼 도마 소리 밥 먹으란 노크 흘리며 태우던 전자 담배가 생각났거든 어떤 밥상을 차려다 줘도 조리한 음식은 이미 죽은 거

끊어질 팬티 고무줄의 소리 같아 기름에 말려 올라간 머리로 칭얼대고

수줍음에 대해 오래 강요받은 건 맞아

잡음이 늘어진 라디오 주파수의 선택권을 잃은 건 인정해

거처를 옮길 시간이 왔어 바람 모퉁이가 커졌거든 아니면 모서리에서 닳지 않은 뼈가 튀어나온대 남은 자재들 같으면 창고에서 재활용이나 기대하지

깊은 물속으로 들어가는 꿈을 꾼 다음이면 통발에서 꺼낸 개구리의 멍한 눈빛처럼 무력해진 몸에서 지문만 남겨 두통이 오고 카페인이 지나가고

누구도 관심 없는 이야기에 대해 질문할 걸 찾았어, 감당할 만큼만

갓 댐 오

가두를 누볐어. 피켓이나 가면을 쓰고 구석구석. 잃어버릴 이유일 줄 대충 느끼면서 이유를 생각하기 전 구석에서 구속이 되기도 했어. 촘촘히 누빈 무늬는 눈물 자국이기도 해. 금요일의 늦은 밤이나 밸런타인데이를 지새우는 술 취한 아이들처럼 짜개면 짜개질 것들로 거리는 스산했어. 칼 포퍼는 사람은 언제든지 틀릴 수 있다 했지. 느끼한 감탄사를 쥐고 있으면 사회에 이바지하는 일이 될까. 때론 깨진 병 조각이 널브러진 아스팔트에서 꽃이 필 수 있으니까. 수비 지향적인 것은 언제나 신의 입장이었다. 살짝 스쳐도 삐딱선의 짝다리 짚는 아이들 앞 함구하는 어른처럼 어긋난 퍼즐에서 말이 없는 것들은 깊은 한 방이 있어. 관망하다가 분노하는 신을 보더라도. 데몬스트레이션으로 마칠 게 아니면 물대포가 사라진 공터엔 싸구려 목록의 후회가 남아.

익명의 다음

뭐라고 불렀나

저수지가 얼었다 얼음이 부서지기 시작하고 물의 파열음
이 즐거웠어 얼음엔 경첩이 있을까 녹슨 거나 녹는 거나 그
게 그거니 상관없어

저수지는 깊어지고

깊은 것은 왜 어두운가
프로필엔 그은 줄, 누구야
체취에 대한 해독은 다크 웹에서 종이가 찢어지도록 길게
그은 밑줄의 악플로 대신해야겠다

익숙함 뒤에 오는 느슨함이 생겼다

멀리서 보면 어슷비슷한 지문들인데 촉수가 된 손가락은
여전히 얼음 속을 더듬고

집은 어디냐고요

>

이것들은 아무래도 꿈같습니다만 전날과 당일의 기분이 다른 공휴일은 저물지 않는군요

이 무거운 시간엔 뜨거워지다 만 존댓말이 녹는 기대를 해 볼게요

자판의 자세를 좀 더 웅크렸을 뿐이라고 의심을 받습니다

구원이 어렴풋합니다

눈사람, 네

한순간 얼어붙는다

공중에 뜬 질문이었네, 라고 생각했을 때 머리는 더 커졌어
속으로 뭐랄지 대충 감은 잡히지만 아무도 관심 없는 일이
란 건 네 머릿속인데

부족한 강설에도 질린 얼굴과 추위로 성장했지만
저기, 누구 없나요
물은 떠밀려 다니기 바쁜 거죠

한 귀퉁이가 잘린 빈 교실 낡은 칠판의 반경에 깜박이는 까
만 눈동자들 긴 팔을 늘어뜨린 교단엔 무표정한 어슬렁의 네
가

밥을 먹는 게 전부인 시절
아이들의 행방은 처음부터 어두웠다고 하자

길게 쓴 시 읽으며 매몰된 쓸쓸함의 뒷장을 정리한다 희미
한 반음의 박동으로 내일이면 커질 온도차를 떠올리며 잠들고

\>

누가 햇살을 바랐나, 간간이 내릴 비를 걱정했지
진한 물비린내에도 녹아들길 바라겠지만

질문은 여전하고

피사의 시간

다가갈수록 멀어지는 간격이 있다

꼿꼿한 민낯에서 어쭙잖은 밀항법을 상상했지

천상의 낱낱을 간직하기 대신 먼 언어를 다시 잃어버리
게 하고

변조한 신분증으로 간 유흥 주점에는 굵은 진눈깨비가
내렸지

배회하는 아이는 36만이라 했던가

되밀리는 물거품처럼 배경이 바뀔 줄 알고는 있지

기울기를 지나칠 때가 많아 펼쳐도 아득하지만

어차피 지상은 미완성

아직 선명한 요 순간은

방치자 시점

빙원으로 이끌던 고객의 말로 신호등 색을 같이 만들라고요

후미진 곳을 알았지만 너의 궤적에선 얼음은 녹는군요

첫 문장 읽으며 포기한 문법서를 든 복화술사로 공중에 오르려다 허기진 배를 안고 도서관으로 향합니다

서로의 외곽에선 폭염 속 파란 하늘이 아름다워 눈 돌릴 사이 없이 자그러운 소린 변색되어 아무 말도 하지 않습니다

말도 안 되는 게 한두 갠가요

그리니치 표준시를 오가며 낯설어집니다

꾸던 꿈은 꿈이지만 네게선 꾸밈일 수 있군요

구름을 안고 가는 저녁 무렵
수런거리며 별의 연대기를 떠올립니다

전족 미루기

밑창 빠진 구두를 신었어
먼 나라가 다가와
나다
나다라마바사, 아장아장

포대기가 너무 길어
짐은 무거워지고 멈춘 건 너였어

간이역 인적 없는 벤치
바닥엔 성냥개비 널브러져
누군가엔 낭만이었을 처량함이,

독일 사람들은 네 명이 모이기 전엔
성냥을 켜지 않았다지

불현듯 꿈은 떠오르지만
굴절된 꿈으로 어디로 튈지의 고민

맨발보다 낫다는 신문 방송에 둘러쳐진 오늘
터진 고막으로 바라본 하늘 옆

무너지는 콘크리트 사이 두려움은 포갠 가슴에서

모든 실수엔 관대해지고
실업수당이 있으니
네 응석은
갓난으로 봐줄 거야 예쁘게

가난은 맴돌아
가라고 했니? 다들 해당돼
큰 의미 두지 않았지만
가까지는 아니라도
나로부터 벗어나는 중인데

신은 벗었잖아
발가락은 땅에 퍼져
음지를 움직여
발바닥 터질 일만 남은 맨발은 대기 중

라라라 콧노래는 더 멀어져 가는 걸
바람에 잎은 여전해

전단박화*

미열로 떠도는 날이 있다

가끔이라 하겠지만 어떤 고아원에선 옥수숫대를 갈아 먹인단다 빨리 삼켜야 위장에 도달하고 심한 복통으로 죽기도 한다지

種의 궤멸에 대해 아무 생각 없었다

오래 울리던 재난 문자를 본다
신전은 무너지고 뛰어도 제자리인 사람들

모자를 벗고 배웅할 준비를 한다

자폐로 버티는 벽에서 알코올의 형식을 가져오고 바닥에 떨어진 샴푸액에 튕기고

점액을 남기며 움직이는 달팽이처럼 디아스포라의 새 이름을 지어 볼까요

나라는 간격에서 먼 우리는

* 전단박화: 액체의 점성 변화 상태.

비의 방향

어긋난 경추로 서 있으니 무거워지는 등과 달리 가지런하던 치열에선 웃음이 흐르는군요

선명하지 못한 세계로 들어가려니 은근 말 안 듣는 것들이라며 빗장은 견고해지고

재까지 태우는 태움 세례에 괸 물에 던져진 담배꽁초 같은 웃음이

호칭을 비 병동이라고 할까요

퇴근 후에도 가시랭이를 스치다 떨어진 바람으로 맴돌 것 같아

반경을 좁혀 살살 움직이면 어떨까 부산물은 많이 탁하지만
벽을 타는 지진처럼 하늘로 오르지 않고 메트로놈 온 소절처럼 쉼 없는 네 끓는점으로 지리멸렬한 말이 낳는 불안의 진동 지수

>

아픈 아이 이불귀 이리저리 도는 밤

가장자리에서 자란 녹은 흘러들고 자기 유기의 잔상에도

유리 흐림

봄볕은 따뜻했어요

교실 창문 유리는 얇았습니다 볼록렌즈가 아니어서인지
책을 읽던 입술은 통째로 얼었지요

제단에 서신 선생님의 중력은 엄청 세었어요

각진 모를 감췄다면 무게를 알 수 없겠어요

광각렌즈의 넓은 풍광이 좋았지만 목을 빼고 눈을 돌려도
볼 수 없고 가슴 언저리까지 밀고 들어오는 사방 벽을 정지
시키면서 푸념의 느낌은 축축한 양말입니다

대충 이해하고 떠받드는 수밖에 없었을까요

학급경영록의 기재 가능한 학생 수는 백 명입니다

유리엔 아이들의 굳은 그림자

입이 없이도 말할 수 있을 때까지 사람을 만나지 않아야

겠군요

　매몰이 되어도 뜀박질을 하며 견뎠습니다

　아픈 기억을 먼 곳으로 보내는 의례는 시작입니다

　아직 온실 유리의 바깥처럼 흐리고 학기는 여전하고

오버

춥다고

기상관측 사상 최고의 폭염인데
오버코트를 한 벌 더 입혔어

놀이터를 누비던 아이들 웃음은 사라진 지 오래

모모는 철부지라더니
모모 씨는 식상해지긴 어려워

풀지 못한 방정식은 꺾이는 쪽에서 굴러가

수위를 넘는 기운에도
옷을 벗을 이유에 대해 얘기하는 이 없고

잃을 이름이 진심이었어

판pan에게

책임져
맑은 물까지 기대한 건 아니었어 조금이라도 불순물은
걸러 줬어야

낳아 줘서 고맙다는 말에 대충 타협한다지만 시차는 매
일 넓어져

거울을 본 날은 골 깊은 저녁이 움직이질 않아
실탄이 장전된 탄창인 줄 모르다가 격발한 사수처럼

사이엔 남은 패닉, 패닉에 물들어

재난 따라오는 시궁쥐처럼 여기저기 벌여 놓고 내 알 바
아니라는

두려움은 유행처럼 번지고

살아 있을 때 잘하라 해 놓고 죽은 자를 태운 향은 제단
을 맴돌고

결국 우리는 우리를 견디는 시간이군요

제4부

물의 내계

화가 났어요

뿌연 먼지 사이 게걸음으로 걸으며 거절 방식을 준비하지만 자꾸 쪼그라들고

비가 내립니다

신이 말했어요 시간을 잠시 정지시킬 테니 보라며

물무늬 사이로 손과 발은 느려지고 상기증으로 도드라진 혈관은 식어 갑니다

콧물 똥물 어떤 이념을 자정작용이 끊긴 통점에서 씻어 냅니다

상류까지 거슬러 오르다가

아이를 만납니다 쓰다듬어 줍니다

누군가에 귀한 누군가에게 귀했을 아이는,

말을 걸기 시작했어요 길은 몰라도 흘려버릴 줄은 안다는군요 물은

펄에 갇혔던 사람을 비로소 언급합니다

물에서 시작한 게 맞는가요

침샘 자극하던 멍 자국이 묽어집니다

신에게 시간을 더 달라 했더니 가끔 세상을 멈추겠다 합니다

닫힌 창을 스치는 바람에

나의 죄는 무엇입니까

당신의 세계를 불태우는 동안 잔해의 목록은 두 손에 오
래 남아

바람에 커튼은 하염없이 흔들리고 부서진 탁자 밑으로 증
폭하는 아이의 울음
소모한 것이 무엇인지 모른다며 밤마다 쓰던 망명 신청
서를 꺼낸다

당신은 누군가의 아이

모자이크 처리를 해도 거울엔 기운 표정이

생각과 영혼은 진동수가 다른가 봐

천장 교미하는 쥐 소리와 주정뱅이가 떨군 걸음이 어른
거리는 창을 뒤로 두고 목을 매단 거실에서 발버둥은 계속
일 거고

\>

무너지기 바빠 언제나 바깥이던
이런 곳이 있었다

왜 나를 닮아 가는가, 누구도 궁금해하지 않는 세상은

배경을 지운 인사법

늦은 밤까지 떨떠름한 너의 행로로 오늘의 해는 어두웠어
탄력을 잃은 뼈들이 부서지기 시작한다 어스름으로 저무는
경계에서 한마디 말에도 달려오는 귀가 안쓰러웠지

전화기를 들고 부서진 네 몸을 보수했다 단단한 외골격을
만들고 핏줄은 희미했지만 제법 부드러워져 친근감이 들었
지 술에 취한 부랑자가 쏜 탄환을 튕겨 낼 자신감으로 아호
를 지어 달라며 고무되던 너는

반대편으로 달음질하며 몸을 줄이는 방식으로 조금씩 변
하다가 여기의 비린 체액을 보며 웃기 시작했지 피조물은
번지는 건 맞아 멍 때릴 때면 뒤통수치는 선동의 배후로 자
리 잡으며 스스로를 지우기 시작한 너는

멍울진 가슴으로 바람 새는 창가에 서서 인연뿐이라는 여
기 행성에 안착했음을 다시 떠올린다 오래전 돌아가신 분들
이 궁금하지 않은가 고마움을 잊은 우리는

언젠가

    참 재미있지 않아 물의 세계는, 미치도록 헤엄쳐 다다른 곳에서 물을 마시고 빈 둥지만 봤으니까 물 밖 무늬로 어룽거린 나는 저기 밀려간 물결무늬도 환영이냐고 물었어 구름 나무 물고기의 부력에도 가라앉는 세상이 우스운 건 내다 버린 오물이 희석한 비밀과 많은 말로 무거워진 물 때문일 거야 여기를 이해할수록 내 세계는 휘청거렸으니

    순례를 떠날 것이다 사막을 지나다 보면 바람에 찢긴 경전이 검은 숲으로 날려 갈 수 있겠지 누군가 설치한 올가미에 몸부림칠수록 옭아지고 비탈진 언덕 뒷걸음질로 커진 가시의 끝에서 무단으로 넘어온 어제의 문장을 지워야 다음으로 가는 내 일, 이것은 신기루가 아니다 모래에 서서 훗날을 다독거릴 준비를 한다 읽을 무늬까지

판의 미로

판결은 공정한 거랬지

토슈즈 신고 빙글빙글 돌고 싶은데
망치가 두드린 곳엔 빈틈이

평평이 맞나요 편평이 맞나요

양육권 분쟁은 진행 중인데
여기서 망설이고 여기에서 흐려지는
아이의 팔은 두 개

플랫 어스flat earth까진
아니어도 어느 정도 균형은
아닌 줄 알아도 계속 부는 바람은

누구를 위한 길인지
무심결에 태어난 모든 것들은

남의 자식이라는 길고 긴

절벽에서 떨어질 때가 있다 그리곤 탓을 하지 저주라면 좀 그럴 거 같아 그냥 재수 없었다며 오지게 욕을 했다 꿈이라면 키가 클 기대나 하지 좀 유치하긴 하지만 어쨌든

길을 걷는다 닳은 밑창으로 발이 아프다 뭐 이따위로 만들었는지 도로는 왜 이리 울퉁불퉁한지 예산은 어디 쓰고 반듯한 포장은 못 했는지

회사에서 승진을 했다 뻔한 얘기지만 탈락한 사람을 디디고 올라갔다는 소릴 들었다

바닥은 언제나 단단했다

독감 예방접종을 하고 왔더니 사흘을 끙끙 앓았다 중국산 과다 투여로 죽다가 살아났다 어떤 백신은 낙태아의 DNA로 만든다는 걸 알았다 이건 꿈은 아니겠지

난 좋은 사람이라고, 사흘만 지나면 지워지겠지만

문방구에 파는 어음을 사 가지고 뺨에 뽀뽀를 한 건 아닌지 하긴 얼비치는 내 얼굴을 자세히 보긴 했어

할 말은 아니라며 부푼 배를 감춘 게 어제오늘의 일이던가 이렇게 우아하고 멋진 날에

상상으로 살아남은 것들은 얼마나 오래갈 회상이 되는지

눈을 감으니 핏빛이 선명하다 나는 결코 바닥이 아니라고 생각했지만 그냥 예측 가능한 그림자였음을

플라스마

언제나 답을 찾아요

많은 음지는 일거수일투족이 흘린 조각들의 마찰음이더군요

밀린 서자처럼 오기와 독기로 써야겠어요

아무리 비벼도 불붙지 않아 빗속으로 뛰쳐나가기도 해요

사계절을 자연스레 보내는 동인들이 부럽기도 해요

종족이 가진 원본의 무늬일까 싶어 마냥 들어주니 힘들 때
도 많아요

조금만 기울여도 어지럽다기에 궤도 수정을 할까요

이치는 간단하다지만 달에 무늬를 함부로 그려 넣진 않잖
아요

답이 없다고 해요

삶을 우려내야 해요

주모 너스레 떨며 검은자위 맴도는 빨간 충혈로 배회하다가

어수선한 문구 뜯어 뒷주머니에 넣었더니 마구 증식하는군
요 문제군요

뭍으로 자라길 바라지만 여러 층 소음에 시달리다가

비튼 귀소 본능으로 자리 잡겠지요

어쩌다 붙든 자의적일 본질에 속닥여요

밤이면 산릉선 곡절 한 점으로 눈가 얼비치는 별을 바라보며

잠시 사라진 가림의 미학을 묻고

묏자리 수맥파 윤곽이 안 보여 산만하다고요,

느낌을 안으라 해요

서랍에 둔 언어들은 수면에 떠오르길 거부해요

점점 무거워져야 한다며

서식지에서 어쩌면, 환상 상자에 사는가 봐요

더 논할 가치 없는 겹겹의 차단에도 진도는 위로 가기에

위로를

전생부터 걸린 최면으로 뺄 줄 모르는 자가 수혈이라며,

정확한 측량은 어렵긴 해요

몫을 떠안은 독자들은 여전히 멀고

테두리를 조금 핥고 기화하기엔 무리네요

작품 노트는 미뤄요

협상 대상이 바뀌는 좌표이기에,

목적어를 잃어도 이머시브 연극처럼

#유사 인간

한 토막의 기사를 보고 결빙이 된다
나빠지는 시력을 탓한다

빗물받이에 붙은 얼음에도 날이 있을 거 같아
가볍게 튈 물보라에 뒤로 물러섰던 간격을 좁히며
몸에 박힌 얼음을 빼내 날을 간다

눈이 두 개 코도 하나, 우린 같은 사람이었군요

뒤가 켕기는 사람들의 마법 주문
―술에 취해 기억이 안 납니다[*]

뇌를 파먹는 아메바에서 잠언을 짜깁기할 수 있을까
뜬금없는 질문이지만 너는 누군가의 귀여운 아이였던가?

날것이었던 총천연색이 희미해진다

#사막이 늘어난다

\>

대본을 읽는데 모래비가 내린다
팔이 아픈 대필도 아니고 패악에 가까운 말도 아니었지만
뭘 베낀 건가

일탈의 예감을 잊고 시작한 서사를 어쩌다의 습관으로 봐
주려니
씹을 수 없는 모래 알갱이처럼 현기증을 불러와
덧없는 간격에 두루뭉술한 먼지 덩이만 치운다

노 아니면 예스라 묻는 상급자 앞에서
오랜 항생제 내성자처럼 스스로의 뇌를 먹어 치운 멍게처럼
복제를 한다 그냥, 노예라 불려도 좋으니

영이 빠지고 혼만 남은 사람에게 욕을 해도 생까겠지

교차로에 신호기는 점멸로 깜박인다

대역을 늘리고 관객을 참여시킨다

* SBS 〈궁금한 이야기 Y〉 조두순 사건 자막 중.

토폴로지[*] 행성

예티를 볼 때가 있다 히말라야에 산다는 털북숭이를

사무실 통합 대기 지수 36
드팀새 없는 밀고 당기기로 남는 건 단절

셈할 겨를 없이 숲으로 날려 가고 싶어 각주 달다 만 서
류를 두고

그래, 너는 다른 사막을 걸었지 할 말은 마른 낱장으로
날려

귀퉁이에 기대 휜 척추를 바라볼 땐 마른바람이 낯설었지

하얀 예티를 찾는다, 물크러진 오늘은 다시 바뀌겠지만
같은 발자국이었어

내일은 유효하나요

* 토폴로지topology: 위상 기하학.

우리는 아이슬란드로 간다

흑백으로 떠도는 사진 한 장
화소수 높은 카메라로 찍어도 비언어 종족이 되는 순간,

난기류를 두고 냉랭하다면 이해라도 되지
모든 관계는 이해, 이해에 대해 우린 얼마나 아는 것일까

바람이 분다 각이 커진 모래 사이를 걷는다
흰 죽에 섞인 긴 설교의 배후에 대해 생각할 겨를 없이
엎드린 포란의 배는 더 부풀어 가고
살 파먹는 독수리 떼 발짓이 느껴질 뿐

아무리 아프더라도 아프다는 말은 어디에
오랜 항생제를 모아 둔 병을 흔든다 짤랑거리는 소리는 맑고

불거진 **뼈**로 무른 바닥이 그리워진다
슬어 버릴 아이들은

세이레니안seirenian

사진 찍으려고 폐허가 된 건물을 찾았다

닫기를 잊은 문은 녹슨 맛을 권한다

눈을 감고 미래를 생각하면 방치한 연애 소설이 생각난다

사라진 출산으로 아이들의 웃음소린 멀어진 지 오래

멸망의 맛은 꺼진 온돌방에서 차가운 꿈을 꾸는 것

행성 니비루는 온다 하고 폴 시프트pole shift는 시작된
다 하고

지나간 죽은 자들의 시간, 하늘엔 별천지인데

정신의 부활제를 집례하는 제사장

이병철(문학평론가)

> "너희가 어찌하여 떠들며 우느냐. 이 아이가 죽
> 은 것이 아니라 잔다 하시니 그들이 비웃더라.
> 예수께서 그 아이의 손을 잡고 이르시되 달리
> 다굼 하시니 번역하면 곧 내가 네게 말하노니
> 소녀야 일어나라 하심이라. 소녀가 곧 일어나서
> 걸으니 나이가 열두 살이라"
>
> —마가복음, 5장

　신약성서에서 예수는 총 세 명의 죽은 사람을 살려 냈다. 누가복음에 기록된 바 나인성城에 사는 한 여인의 아들을 살렸고, 요한복음에서는 베다니 마을의 나사로를 살렸다. 그리고 위에 인용한 마가복음에서 회당장 야이로의 딸을 살렸다. 나인성 여인은 과부였고, 베다니 마을은 문둥병자와 소외된 이들이 사는 곳이었다. 그리고 회당장의 딸은 열두 살 소녀였다. 예수가 살린 이들은 미혼모의 자녀, 빈민, 어린 아이, 그러니까 모두 약하고 힘없는 자들이었다.

　박용진의 시를 읽으면 예수가 '달리다굼'을 외치는 장면이 떠오른다. 이 시집에서 시인은 죽은 자를 살리기 위해 부활의 제의를 수행하는 제사장처럼, "쿠르디"와 "발레리아"(『파랑을 건너온 파란』), "파잔 뒤의 코끼리"(『파란 꽃』), "부모 무덤 앞의 전쟁고아들"(『부모 무덤 앞의 전쟁고아들』), "밭에서 일하는 네 살 꼬마"(『밭에서 일하는 네 살 꼬마』), "시푸르죽죽하게 잠자는 아이"(『화이트홀 하우스』), "얇은 뱃가죽의 아이들"(『도색의 세계』) 등 이 세계의 폭력에 희생된 이들을 극진히 수습해 "아픈 기억을 먼 곳으로 보내는 의례"(『유리 흐림』)를 시도하고 있다.

시인은 "모두의 장례식을 시작할 때"(『파란 꽃』)라고 선언한다. 그것은 어쩌면 한 시대의 종언, 세계의 종말을 함의하는 묵시인지도 모른다. 박용진이 재현해 내는 세계는 거대한 장례식장, 시의 행간마다 크고 작은 울음소리가 들린다. 그가 난민과 전쟁고아와 강제 성매매에 동원된 소녀들과 학대당하는 동물들⋯⋯ 넘을 수 없는 '벽'에 부딪쳐 죽은 이들의 "벽 앞 시신을 수습"(『캄보디아 갯벌』)해 "재까지 태우는 태움 세례"(『비의 방향』)를 집도하면 "죽은 자를 태운 향은 제단을 맴돌고"(『판에게』), "당신의 세계를 불태우는 동안 잔해의 목록은 두 손에 오래 남아"(『닫힌 창을 스치는 바람에』) 우리에게 온다. 그 유해는 활자로 이루어져 있고, 이미지와 리듬과 비의를 지닌다. 바로 시다. 우리는 박용진의 시를 읽으며 애통해한다. "슬퍼하는 자는 복이 있나니 저희가 영원히 슬플 것이요"(윤동주, 「팔복」). 이 시집은 검은 바다처럼 출렁이는 슬픔의 레퀴엠이다.

갯벌을 거니는데 뼈 한 조각이 말을 건다
전장을 건너온 뼈는 살 속에 살던 때가 그립다며,

참호 옆 개망초 한 송이가 손에 닿는다
손에서 시신경, 지금이라 불리는 곳까지
육식주의자들의 메탄가스와 파도가 내지르는 염. 염.
아이들 낙서 낭만 엽서 살육의 풍경을 덮으려고

죄를 고백하는 이를 두고 배후 찾기는 날 샌 지 오래
365일 추모하는 우리는
다음으로 밀릴 뿐 언제나

포격 재개로 불기둥과 매캐한 화약, 살을 발라내는 소리
허공에서 대지로 꿰뚫려 죽은 자와 숨 가쁜 패전 소식
에 분개하며
멀어지는 미완성의 스케치

기억은 언청이 소리로 귓등을 헐치고 유언을 남길 사이
없이 뼈만 남아
수위를 넘어 사라짐에 몸부림치며 떠올리는 태곳적부
터 살아온 방식

벽 앞 시신을 수습한다
무너지는 스스로를 설득하면서

모래알에 스민 기억들에 성가를 부를까

물이 밀려온다 다시 돌아오는 아침의 그늘처럼,
살아남은 자의 슬픔은 덮인 지 오래
통제에서 자유로울 방송을 준비하지만
입은 여전히 무언증 혹은, 속말의 행로는 측면에 머물고

후일, 기울기가 다른 애먼 해석이 될 뼈는
잠 깬 뒤의 꿈처럼 어디에도 없단 소릴 듣겠지

표백에 대한 질문은 미룬다

비린 갯 냄새 아래 부식하는 뼈를 추린다.
　　　　　　　　　　　　　　　—「캄보디아 갯벌」 전문

　시인이 이 세계를 거대한 장례식장으로 인식하는 것은 "포격 재개로 불기둥과 매캐한 화약, 살을 발라내는 소리"가 가득한 전장이기 때문이다. 캄보디아, 팔레스타인, 콩고, 미얀마, 이라크 등에서 "살육의 풍경"은 계속 반복되고 있다. 그곳에는 "허공에서 대지로 꿰뚫려 죽은 자"와 "유언을 남길 사이 없이 뼈만 남"은 시신들이 함부로 널브러져 있다.
　이 참혹한 "몸부림" 앞에 신은 침묵한다. "여전히 무언 증"이며, "행로는 측면에 머물"고, "잠 깬 뒤의 꿈처럼 어디에도 없"다. 신은 세계의 온갖 비극을 그저 방관만 해 왔다.

전쟁, 전염병, 굶주림, 여성 착취와 아동 학대 가운데 인간의 절규가 "당신은 언제까지나 침묵하고 있느냐고 호소"(엔도 슈사쿠, 『침묵』)했지만 신은 응답하지 않았다. 죽고 죽이는 것은 인간이 "태곳적부터 살아온 방식"일 뿐이라며, 신은 침묵으로 이스라엘의 팔레스타인 침공을 승인했다.

시인은 신을 대신하여 "벽 앞 시신을 수습한"다. "365일 추모하는 우리"에게 "살아남은 자의 슬픔"을 각성시킨다. 이때 살아남은 자의 슬픔이란 타자를 향한 양심, 연민, 책임 의식 등 이타적 정신을 뜻한다. 타자에 대한 무한 책임, 레비나스가 말한 비대칭적인 관계의 실천이 더 이상 기능하지 않는 시대에 시인은 '슬픔'을 다시 작동시키고자 "비린 갯 냄새 아래 부식하는 뼈를 추린"다.

깨진 알이 엎드려 있다

가볍게 실시간 검색어로 오르기 전 등 떠밀려 생판 몰랐을 곳에

물가에서 발목을 휘감는 게 차라리 수초였다면

#시리아 쿠르디
한 번 더
#엘살바도르 발레리아

넋 나간 쓰레기 꼴과 넘치는 물이 싫어져 피 한 방울을
떨어뜨린다

세계는 언제나 수장되기 바빴지 그림자 같은 전운으로
끝이었다면

머무를 이유를 부여받고 오디세이아를 부를 날은 올 수
있을까

난민 통제는 계속이고 기억은 계속 찔러 올 거고

어디 닿을지 모르는 아이들은
                              ―「파랑을 건너온 파란」 전문

시리아 난민 소년 알란 쿠르디와 엘살바도르 난민 소녀
발레리아는 모두 국경을 넘으려다 죽었다. 3살 쿠르디는 터
키 남서부 보드룸 해변에서 파도에 떠밀려 온 시신으로 발
견됐고, 2살 발레리아는 미국과 멕시코 접경 리오그란데강
에서 익사체로 떠올랐다. 발견 당시 발레리아는 함께 죽은
아빠의 등에 업혀 있었다. 그들에게 "세계는 언제나 수장되
기 바빴"을 것이다. 그들이 살 수 있는 곳은 어디에도 없고,
심지어 죽음마저 "등 떠밀려 생판 몰랐을 곳"에서 맞이하고
말았다. 쿠르디와 발레리아처럼 이 세계에는 "어디 닿을지
모르는 아이들"이 너무나도 많다.

시인은 쿠르디와 발레리아를 물속에서 끌어올려 부활의 제단에 눕힌다. 그리고 외친다. "달리다굼!" 쿠르디와 발레리아의 육체는 되살릴 수 없지만, "죽은 사람의 육체는 부재하는 현존이며, 현존하는 부재이다. 그러나 그의 육체를 기억하는 사람들이 다 사라져 없어져 버릴 때, 죽은 사람은 다시 죽는다. 그의 사진을 보거나, 그의 초상을 보고서도, 그가 누구인지를 기억해 내는 사람이 하나도 없게 될 때, 무서워라, 그때에 그는 정말로 없음의 세계로 들어간다. 그 없음의 세계에서 그는 결코 다시 살아날 수 없다"던 김현의 명문名文을 떠올리면, 박용진이 행하는 제의는 '없음의 세계'로 진입하려는 쿠르디와 발레리아 등 폭력의 희생자들을 기어이 건져 내 우리로 하여금 그들의 처참한 주검을 똑똑히 보게 하는 '기억과 양심의 부활제', 즉 시인이 정말 살려 내려 하는 것은 죽은 자의 육체가 아니라 우리의 마비된 문제의식, 우리의 정신이다.

마스크를 사러 갔어

줄 서기가 길어도 입을 떼는 사람은 없었지

길에 드러눕고 싶어졌어 방 안에 누워 먼 도마 소리 밥 먹으란 노크 흘리며 태우던 전자 담배가 생각났거든 어떤 밥상을 차려다 줘도 조리한 음식은 이미 죽은 거

끊어질 팬티 고무줄의 소리 같아 기름에 말려 올라간 머리로 칭얼대고

수줍음에 대해 오래 강요받은 건 맞아

잡음이 늘어진 라디오 주파수의 선택권을 잃은 건 인정해

거처를 옮길 시간이 왔어 바람 모퉁이가 커졌거든 아니

면 모서리에서 닳지 않은 뼈가 튀어나온대 남은 자재들 같

으면 창고에서 재활용이나 기대하지

깊은 물속으로 들어가는 꿈을 꾼 다음이면 통발에서 꺼

낸 개구리의 멍한 눈빛처럼 무력해진 몸에서 지문만 남겨

두통이 오고 카페인이 지나가고

누구도 관심 없는 이야기에 대해 질문할 걸 찾았어, 감

당할 만큼만

— 「작은 연못 오래된 통발 안의 개구리처럼」 전문

박용진은 "오랜 항생제 내성자처럼 스스로의 뇌를 먹어

치운 멍게처럼"(「목적어를 잃어도 이머시브 연극처럼」) 살아가는 현

대인들을 "작은 연못 오래된 통발 안의 개구리"로 묘사한

다. 전쟁, 테러, 대형 참사, 코로나19 등으로 함의된 이 세

계의 부조리 앞에 "기름에 말려 올라간 머리로 칭얼대"고,

"수줍음에 대해 오래 강요받"고, "라디오 주파수의 선택권

을 잃은" 채 "통발에서 꺼낸 개구리의 멍한 눈빛처럼 무력

해진 몸"을 이끌고 그저 "감당할 만큼만" 권태롭게 살아가

는 우리에게 반성적 사유를 요청한다. 알베르 카뮈가 『페스

트』에서 그려 낸 베르나르 리외와 장 타루처럼, 신념과 의

지를 가지고 부조리에 항거하는 존엄한 인간을 회복할 것을

우리에게 촉구한다.

폭력과 부조리는 전쟁과 테러, 감염병에만 존재하는 것

이 아니다. 박용진은 지구가 앓고 있는 '인간'이라는 질병을 총체적으로 고발한다. "육식주의자들의 메탄가스"(「캄보디아 갯벌」)로 뒤덮인 하늘 아래 인간의 탐욕이 "種의 궤멸에 대해 아무 생각 없"(「전단박화」)이 생명을 훼손하는 참상을 날카롭게 응시한다. 그가 "날것을 좋아하는 식도락가"들이 "날지 못할 날개 대신 삶겨 뜨거운 체액이 쏟아"지는 "곤달걀"(「발룻의 피돌기는 계속입니다」)을 삼키는 몬도가네의 식탁을, 또 인간의 유희를 위해 서커스단 코끼리들이 '파잔phajaan'(「파란 꽃」)이라는 매질에 학대당하는 현장을 기록하는 것은 세계의 부조리함 앞에서 "우두커니 섰던 직무 유기"(「그냥, 우리였다면」)를 반성하기 위함이다. 세월호, 비정규직 노동자들의 죽음, 미얀마 사태 등 우리로 하여금 당사자성을 감각할 수 없게 하는 타자의 집단적 비극뿐만 아니라 매일 아침 식탁에서, 웃고 떠드는 관광지에서, 평온한 일상에서 벌어지는 폭력들을 목격하고도 "방치자 시점"(「방치자 시점」)으로 일관해 온 우리들 공통의 죄악을 환기하기 위함이다.

네, 라는 말로 얼음이 녹았다

공기를 쥐는 일은 불가능하지만 뜨거운 기운은 금세 퍼지지

바다를 건너와선
땀땡
이곳은 공식적으로 매매하기 어려운 미끌거리는 세계

얇은 뱃가죽의 아이들 손엔 희미한 손금

시간마다 바뀌는 낯선 체액은 문지방을 넘지 못하고 문
양으로 남아

색이 아무것도 아닐 때가 있다고 한다

그냥 숨을 크게 들이켠다

—「도색의 세계」 전문

우리의 일상은 어쩌면 겉으로만 평화롭게 보이는 "도색
의 세계"인지도 모른다. 주상복합 오피스텔에, 평범한 원
룸 빌라에, 무수히 많은 교회들 사이에 성매매업소가 즐비
하다는 사실을 아는 사람은 많지 않다. 시인은 "누구도 관
심 없는 이야기에 대해 질문"(「작은 연못 오래된 통발 안의 개구리
처럼」)한다. 이 탐욕의 세계에 욕망과 욕망이 위계를 형성해
서 지배계급과 피지배계급이 폭력을 거래하며 서로의 결핍
을 채우는 모순적 메커니즘이 작동한다는 사실을 알고 있느
냐고 우리에게 묻는다. 살기 위해 "바다를 건너"온 "얇은 뱃
가죽의 아이들"은 손금이 희미해지도록 "땀땡"을 하며 돈을
번다. "공식적으로 매매하기 어려운 미끌거리는" 욕망들이
거래되는 은밀한 현장에서 지배계급인 남성들과 피지배계
급인 소녀들은 자본논리에 의해 강제된 성행위라는 폭력을
주고 또 받음으로써 각각 성욕과 경제적 궁핍 해소라는 자

신들의 욕망을 달성한다.

가학자는 피학자를 희생시켜 만족을 얻고, 피학자는 폭력을 받아먹으며 생계라는 안정을 꾸려 나가는 이 역설적인 탐욕 세계가 우리 사회 곳곳에 은폐되어 있다. 시인은 그 "도색의 세계"를 투명하게 벗겨 내고자 한다. 도색 세계의 민낯을 우리에게 보여 줌으로써 '먹고사니즘'이라는 평범한 욕망을 좇는 우리들의 일상적 삶이 타자들, 특히 소수자와 약자들을 착취할 수 있음을 환기시킨다. "죽은 것이 아니다, 일어나라"라고 시인이 외칠 때, 그렇게 우리의 타자 윤리와 양심이 무관심이라는 무덤에서 깨어날 때, '살아남은 자의 슬픔'이 다시 기능하는 사회에선 자본이 구조화하는 가학과 피학의 위계가 무너진다. 그리고 그때 "플랫 어스까진/ 아니어도 어느 정도 균형"(「판의 미로」)이 잡힌 평등하고 공정한 세계가 참혹한 디스토피아 위에 새롭게 건설되기 시작한다.

참 재미있지 않아 물의 세계는, 미치도록 헤엄쳐 다다른
곳에서 물을 마시고 빈 둥지만 봤으니까 물 밖 무늬로 어룽
거린 나는 저기 밀려간 물결무늬도 환영이냐고 물었어 구름
나무 물고기의 부력에도 가라앉는 세상이 우스운 건 내다
버린 오물이 희석한 비밀과 많은 말로 무거워진 물 때문일
거야 여기를 이해할수록 내 세계는 휘청거렸으니

순례를 떠날 것이다 사막을 지나다 보면 바람에 찢긴 경

전이 검은 숲으로 날려 갈 수 있겠지 누군가 설치한 올가미
에 몸부림칠수록 옭아지고 비탈진 언덕 뒷걸음질로 커진
가십의 끝에서 무단으로 넘어온 어제의 문장을 지워야 다
음으로 가는 내 일, 이것은 신기루가 아니다 모래에 서서 훗
날을 다독거릴 준비를 한다 읽을 무늬까지

　　　　　　　　　　　　　　　　──「언젠가」 전문

　예수에 앞서 복음을 전한 세례 요한은 "나는 너희로 회개
케 하기 위하여 물로 세례를 주거니와"(마태복음 3장 11절)라고
말했다. 시인은 요한처럼 '물'을 우리에게 내어민다. "어쨌
든 미안해, 이상한 세계로 불러들여서"(「도무지」)라며 그가 우
리를 이끌고 결국 당도한 곳은 "물의 세계"다. 그곳은 인간
의 무게에 짓눌리는 대신 "구름 나무 물고기의 부력에도 가
라앉는 세상", 새로운 균형과 질서가 작용하는 유토피아다.
　시인은 왜 '물'의 질서를 '플랫 어스'의 필요조건으로 제시
한 걸까? 지그문트 바우만은 『액체 근대』에서 "고체와 달리
액체는 그 형태를 쉽게 유지할 수 없다. 유체는 이른바 공
간을 붙들거나 시간을 묶어 두지 않는다. 고체는 분명한 공
간적 차원을 지니면서도 그 충격을 중화시킴으로써 시간의
의미를 약화시키는 반면, 유체는 일정한 형태를 오래 유지
하는 일이 없이 지속적으로 변화할 준비가 되어 있다. 따라
서 액체는 자신이 어쩌다 차지하게 된 공간보다 시간의 흐
름이 중요하다. 왜냐하면 결국 액체는 공간을 차지하긴 하
되 오직 '한순간' 채운 것일 뿐"이라고 말했다.

물은 늘 같은 모습인 것 같지만 실은 쉼 없이 형태를 바꾼다. 일시적이고 우연한 것이면서도 영속하며 흐른다. 변화에 유연하고, 이질적인 것들과 융합한다. 물은 위로 오르지 않고 낮은 곳으로 내려간다. 땅속으로도 스며들고, 아무리 더러운 곳이라도 기꺼이 흘러든다. 비와 눈과 안개가 되어 만인에게 공평한 선물이 된다. "내가 주는 물을 마시는 자는 영원히 목마르지 아니하리니 내가 주는 물은 그 속에서 영생하도록 솟아나는 샘물이 되리라"(요한복음 4장 14절)던 예수처럼, 시인은 썩은 것들을 쓸어버리고, 오래 고인 것들을 넘치게 하며, 화해하고 화합하면서 끊임없이 새로운 곳을 향해 흘러, 닿는 곳마다 생명을 키우는 물을 우리에게 주려는 것이다.

모리오카 마사히로는 『무통문명』에서 "괴로움과 아픔이 없는 문명은 인류의 이상처럼 보인다. 그러나 괴로움을 멀리할 방법을 잘 알고 있고 즐거움이 넘치는 사람들은 오히려 기쁨을 잃고, 삶의 의미를 잊고 있다. 쾌락과 자극과 쾌적함을 만들어 내는 여러 사회 장치가 그물처럼 정비되어 있고, 우리는 그것들에 에워싸여 '생명의 기쁨'을 잃어 왔다. 그리고 우리들의 존재를 마음속에서부터 위협하는 듯한 진짜 고통과 예기치 않았던 듯한 진짜 해프닝은 거의 존재하지 않는다"고 말했다. "모두 병들었는데 아무도 아프지 않"(이성복, 「그날」)은 시대, 타인의 아픔이 도처에 가득하지만 그들의 고통이 내 통각으로는 감각되지 않는 무통의 시대에 박용진은 우리에게 외친다.

"달리다굼!" 너희의 양심이 죽은 것이 아니라 잔다. 곧 내가 네게 말하노니 일어나라. 일어나서 함께 울어라. 숲을 울창하게 할, 여름을 재촉하는 비가 내린다.